Bonzales

ein treuer Bordercollie

Copyright 2023 Silvia Wobschall

Herstellung und Verlag:

BoD – Books on Demand, Norderstedt

ISBN: 978-3-7448- 37453

Dies ist eine abenteuerliche Geschichte über Bonzales, den ihr schon aus meinem großen Katzenkrimi „ ein cleverer Kater namens Jack" kennt, und heute möchte ich euch alles über ihn erzählen, was er in Spanien erlebt hatte, bevor er zu Maria und Jacob auf den Hof kam.

Gestatten! Bonzales und ihr kennt mich schon. Ich bin ein Border -Collie und komme ursprünglich aus Großbritannien.

Mich lieben die Schafe, weil ich sie hüte und auch in der Familie bin ich sehr gefragt. Nicht nur Cleverneß und Talent spricht man mir zu, ich bin fleißig, treu und achtsam. Ich liebe Trockenfutter, Gemüse, sogar Obst und auch mal ein Leckerli. Also: ein „Einstein auf 4 Pfoten" und nun beginnt mein langer Lebenslauf.

Kapitel 1

Saragossa

Ich bin wohl als Welpe mit noch vielen anderen Geschwistern zur Welt gekommen in einem verlassenen Dorf in Zaragoza, so spricht man es wirklich aus. Das liegt in Aragonien im Nordosten von Spanien. Meine Mutter, eine hübsche, schwarz-weiße Collie-Hündin, hatte genug mit uns fünfen zu tun. Wir hausten sprichwörtlich in einem alten

Schuppen, sehr ungemütlich, aber wenigstens konnten wir auf dem Stroh schlafen.

Unser altes Herrchen, ein spanischer Farmer, hatte mal viele Tiere und war auch eine Zeitlang Schäfer, gab uns wohl zu fressen, aber seine Fürsorge blieb ansonsten zu wünschen übrig. Er konnte nicht mehr, war einfach zu alt. Es gab da noch eine jüngere Frau, eine Hexe, sage ich euch! Sie wollte nur mit uns Kleinen Geld verdienen. Mir wurde jetzt schon mulmig bei dem Gedanken, von meiner Familie getrennt zu werden. Aber es gab doch schon hunderte von Vierbeinern, die auf der Straße lebten oder in einem dieser ärmlichen Tierheimen landeten. Auch hatten wir keine Namen, so wie es sich gehörte. Traurig, nicht wahr? Jeder Tag verging nicht ohne meine Angst, wohin mit uns und was wird werden?

Ich konnte manchmal nicht einschlafen und jaulte leise vor mich hin, auch wenn meine zwei Brüder und Schwestern schon schliefen. **Was das ein schönes Hundeleben?**

Jeder Tag verging so nach und nach und inzwischen waren wir 10 Wochen alt und auch wenn Border-Collies vielleicht nicht beten können, ich habe es jede Nacht versucht, mit meinem Hundegott Kontakt aufzunehmen. Ihn dringendst gebeten, uns nicht zu trennen, sodass wir alle mit unserer Mutter zusammen bleiben durften. Ich habe ihm dann versprochen, daß wir nur Gutes in unserem irdischen Leben tun werden, Tiere retten und schwache, kranke Menschen versorgen werden. Mal sehen, ob das Beten geholfen hat.

Kapitel 2

Die Entscheidung

Es war ein schöner Morgen im Mai und unser Farmer brachte uns wie gewohnt eine gute Mahlzeit und Wasser. Wir waren alle 5 ganz schön hungrig und meine Mum hatte alle Mühe, uns satt zu kriegen. Sie war eine liebevolle Hundemutter. Dann hörten wir einen Wagen vorfahren und die Stimme der Hexe, die uns ja verscherbeln wollte. Dann ging die Scheunentür auf und eine junge Frau trat herein in Jeans und toller Bluse und sie hatte Reiterstiefel an. Irgendwie kam mir die Stimme von ihr bekannt vor und dann fiel es mir ein, ein paar Mal war sie hier im Stall, uns zu besuchen. Vielleicht meint sie es doch gut mit mir und meiner Familie und nimmt alle auf. Und so war es dann auch, sie verhandelte einen Preis und schwupp landeten wir samt Körbchen und unserer Mama in dem großen Land-Rover. Was war ich froh und nun hatte ich plötzlich auch keine Ängste mehr, was die Zukunft so bringen würde.

Ich hatte ihre Stimme erkannt und wußte vom Erzählen, daß sie auf einem großen Reiterhof wohnte mit vielen Tieren, natürlich auch den Pferden. Nun waren wir angekommen und das neue Domizil wurde erst mal erkundet. Wie aufregend, alles roch neu und fremd, aber irgendwie auch schön. Wir Collies sind ja temperamentvolle Hunde, werden bis 58cm hoch und wiegen bis 21 kg, natürlich nicht, wenn wir noch so klein sind.

Kurze Aufklärung für Euch: Es gibt den Langhaarcollie, der ursprünglich zum Hüten von Schafen im schottischen Hochland gezüchtet wurde schon seit 1870, er ist intelligent und schön mit üppigem Fell. Dann haben wir den Kurzhaarcollie, bekannt als Lassie, der Filmheldin, kommt aus Schottland oder den Border-Collie, den bärtigen Hund, einer der aktivsten Vierbeiner überhaupt und der echte Familienhund.

Unsere positiven Eigenschaften sind: verspielt, aufmerksam, intelligent, liebenswürdig, treu und sehr aktiv. Man muß viel Zeit mit uns verbringen. Glücklich sind wir, wenn es Mahlzeiten wie Fleisch, Obst und Gemüse gibt.

Kapitel 3

Taufe

Die erste Nacht in einem Pferdestall, aber nicht unbedingt ungemütlich, ziemlich viel Platz. Wir bekamen eine große Box, wo wir laufen, toben und tollen konnten. Heute sollten wir alle einen Namen bekommen, so wie es sich auch gehört und die Señora Ella spazierte nach dem Frühstück herein mit einem Eimer Wasser und erklärte dem Stallburschen Frederic auf Spanisch, was los sei. Der grinste, und nun ging es los.

Also, meine Brüder hießen ab sofort: Amigo und Blanco (der Freund und der weiße). Ja, Blanco hatte viel weißes Fell. Meine Schwestern wurden Blanca, die weiße und Cara, die liebliche, getauft. Und meine Mutter und ich, wir mußten noch warten, weil die Miss überlegte und mit Frederic stritt. Dann explodierte fast Ella´s Stimme und Estrella (der Stern), hieß unsere Hundemama und ich ganz einfach Bonzales, fertig! aus! Zum Schluß gab es etwas Wasser aus dem Eimer auf unsere Häupter. Eine richtige Wassertaufe.

Unsere Nachbarn waren jetzt wunderschöne Reitpferde, mit denen wir uns schnell anfreundeten. Alles war harmonisch und ich gewöhnte mich rasch an meinen besonderen Namen. Ich kannte nur Speedy Gonzalez, die Maus, aber von Bonzales hatte ich noch nie gehört, und es gibt auch keine Übersetzung. Auch gut, wenn es dann so ist. Meine Geschwister machten jede Menge Blödsinn und Mutter Estrella ermahnte sie immer wieder. Auch Ella und Frederic kümmerten sich sehr um uns.

Kapitel 4

Freunde und neue Eltern

Inzwischen sind Wochen vergangen und wir Welpen waren sehr selbständig und wohlmöglich schon verplant. Das gefiel mir ganz und gar nicht. Unsere Mum sollte mit Amigo, das war ihr Liebling, auf dem Reiterhof bleiben und auf der angrenzenden Weide die Schafe hüten. Zuvor stattete Ella mit Estrella einen Besuch beim Tierarzt ab und sie wurde sterilisiert.

*Heute sollte noch vom Nachbarhof ein Verwandter kommen und wollte zwei von uns haben. Ach ja und der Doc kam und wir wurden allesamt durchgecheckt und geimpft und entwurmt. Die beiden Neffen, auch Landwirte und Schäfer, entschieden sich für Blanca und Blanco, weil sie sich so ähnlich sahen und auch immer zusammen lagen. Cara und ich blieben übrig, aber auch da sollte sich morgen was entscheiden. Hoffentlich bleiben wir zusammen, bitte, lieber Hundegott, laß mich auch diesmal nicht im Stich! **Danke!***

Der Morgen kam und vor lauter Aufregung vergaß ich sogar zu fressen. War mir noch nie passiert. Es fuhr ein Geländewagen auf den Reiterhof und eine junge Frau und ein älterer Mann stiegen aus. Sahen recht freundlich aus und wohl nicht gefährlich. Aber wer weiß das schon. Sie kamen in die Scheune und begutachteten uns und lächelten verhalten. Das Mädchen hieß Fiona und der Herr war ihr Opa Pedro. Sie wollten einen Hütehund für ihre paar Schafe, aber auch sollten wir auf den Opa aufpassen, der schon etwas vergeßlich schien. Und wenn der uns einfach mal vergißt, dachte ich so. Aber das junge Girl sprudelte nur so vor Freude und streichelte uns vorsichtig, kraulte uns im Nacken, was natürlich super ankam. Cara genoß es sehr und ich war etwas mißtrauisch und auch traurig zugleich, denn es hieß: Abschied nehmen von Mama und Amigo. Dann war es soweit und ein lautes Bellen und Schwanzwedeln begleitete uns aus der Ferne, mir lief eine Träne die Hundewange runter.

Kapitel 5

Unsere neue Wiese

Die Fahrt dauerte gar nicht lange und wohlbehalten gelangten wir zu unserem neuen Zuhause, eine wunderschöne, bunte Wiese mit Klee und Löwenzahn und ein ganz passables Häuschen aus Holz. Daneben grenzte ein Schuppen, ein kleinerer Stall, wo wir jetzt wohnen sollten. Auch ein Unterstand für die 6 Schafe war dort, alles sehr tiergerecht. Cara schnupperte überall und ich, noch mit der Vergangenheit abschließend, haderte mit meinem Schicksal, was kommt auf uns zu? Werden wir hier geliebt und dürfen wir auch bleiben? Fiona bemühte sich sehr, um unser Vertrauen zu erlangen und verwöhnte mit leckeren Sachen, wie Fleisch und Hundesnacks. Dann sprachen der Opi und das Mädchen über den nächsten Tag, wo wir die Schafe auf die Wiese treiben sollten. Na, wenigstens kriegen wir eine Aufgabe, so wie es sich für einen Border-Collie gehört. Plötzlich spürte ich doch so etwas wie Aufregung und

Freude in mir und der Tag endete mit dem Sonnenuntergang und einem Hundeknochen für Cara und mich. **Perfekt!**

Ausgeschlafen und voller Zuversicht auf das, was jetzt kommen würde, trotteten wir hinter Fiona und den Schafen her, sie hatten alle einen schönen Namen. Ein Schafsbock, der Amor, war auch dabei, sowie die Olivia, Angel, Dia, Solana und Paz, liefen mit uns. Sie hörten auch sofort und Cara und ich trieben sie voran. Klappte gut und unser neues Herrchen und Frauchen lobten uns und es gab Streicheleinheiten. Der alte Herr lebte sehr lange auf diesem Grundstück und in guten Zeiten hatte er alles selbst am Haus ausgebessert und repariert. Aber jetzt verließ ihn seine Kraft und war schon 89, konnte gut laufen, jedoch nicht gut hören und sehen und mehrere Male sind ihm die pelzigen Wiederkäuer abgehauen. Alles ging gut, weil Nachbarn schnell Vorort waren. Oh je, was ist, wenn er sich mal verläuft? Das müssen wir verhindern, dämmerte es in meinem Hirn. Ich war guter Dinge und freute mich auf die neue Aufgabe.

Kapitel 6

Schaf Olivia haut ab

Heute war Donnerstag und es herrschte Unruhe auf dem Hof. Ein Schaf war ausgerückt, die Olivia. Cara blieb bei den anderen 5 und Fiona und ich gingen auf die Suche. Wir Border-Collies sind richtige Spürnasen und nach nicht so langer Suche erwischten wir sie auf einer Nachbarwiese ganz gemütlich beim Grasen.

Auf mein Bellen und Aufforderung trabte sie dann doch uns hinterher bis zum Stall. Nochmal gut gegangen! Die Menschen hier in Saragossa sind freundliche Spanier und nicht jeder ist ein Tierfreund, aber in anderen Ländern ist es auch nicht besser. Ganz schlimm sind die blöden Tiertransporte, wo Olivias Artgenossen in überfüllten Anhängern in manchen Häfen einfach rausgeschmissen werden im wahrsten Sinne des Wortes. Schlimm, sage ich Euch! Ganz gruselig und nur, weil die Menschen immer nur Fleisch wollen. ***Könnten doch mal Gemüse verzehren, kriege ich doch auch 2 x die Woche!***

*Es gibt ein ganz berühmtes Schaf; **„Shaun",*** *das der Herde nicht folgt und seinen eigenen Kopf hat. Es ist neugierig, einfallsreich und für jeden Spaß zu haben, aber nicht für jedermann. Dann habe ich von dem geklonten Schaf **„Dolly"** gehört und es gibt noch viele interessante Wiederkäuer von dieser Art. Für heute hatte ich mein Pensum erfüllt und Olivia aufgespürt, alles gut gegangen. Meine Schwester war noch klein und mußte viel lernen und so zeigte ich ihr, wie man eine kleine Schafsherde hütete und brachte ihr Tricks und das Hüten bei. Ich war wesentlich größer und fühlte mich auch schon wie ein Halbstarker. Wir Bordercollies sind einer der aktivsten Hunde überhaupt, je mehr Bewegung und Beschäftigung wir haben, desto besser. Unserem ur-sprünglichen Hütetrieb folgend, halten wir unser Rudel heute noch gerne zusammen und sind auch der perfekte Famiienhund. Fiona und Pedro waren nun unsere Familie und neue Wege taten sich auf.*

Kapitel 7

Friseurbesuch

Heute war Freitag und es hieß: der Hundefriseur käme und auch die Schafe sollten eine neue Frisur bekommen. Das war natürlich Quatsch, denn sie wurden ja geschoren und Fiona verkaufte die Wolle. So verdiente sie sich noch etwas dazu. Ein Schaf zum Mittag, das kam nie in Frage, sie war Vegetarierin und Opa Pedro aß am liebsten Fisch, den er mit einem alten Kumpel auch noch selbst im See fing. Punkt 15 Uhr kam ein oller Jeep die Landstraße hoch gefahren und ein fröhlicher, junger Spanier hopste daraus in der Hand einen Koffer mit seinem Werkzeug. Wir Hunde waren zuerst an der Reihe, ging alles sehr schnell und um einiges Fell leichter, durften wir dann spielen und toben, hatten jetzt Pause.

Ein Blöken und Olivia, Paz, Solana, Angel, Dia und Amor mußten eine für sie gräßliche Tortur über sich ergehen lassen. Fanden sie nicht so toll!

Dann durfte ich die Blöker erneut auf die Weide treiben und das konnte ich inzwischen sehr gut. Alle hörten auf ihren Namen und mein Bellen. Ich hatte auch weniger Fell und meine Krallen waren wieder 1 A. Unser Frauchen war damit beschäftigt, die Wolle zu reinigen und dann ihrem Geschäftspartner zu verkaufen.

Sie war nicht nur auf die Kohle scharf so wie die meisten, die sich Schafe hielten.

Denn viele Menschen wissen nicht, daß die Herstellung von Wolle immer Tierleid verursacht. Allein die australischen Merinoschafe werden so gezüchtet, daß sie faltige Haut haben und dadurch noch mehr Wolle den Tieren wächst. Diese Menge ist unnatürlich und kann dazu führen, daß den Schafen in den heißen Monaten unter ihrem dicken Fell zu warm wird und sie an Überhitzung sterben. Leider ist es so. Schafe sollen ihren Nutzen erfüllen, ihre eigenen Interessen sind dabei egal.**Dies war für Euch Menschen eine traurige Aufklärung, mußte aber sein.**

Kapitel 8

Pedro erzählt

Pedro war ein ulkiger Kauz, auch schon alt, aber uns behandelte er gut und sprach immer von der Vergangenheit: Wie viele Hunde und Katzen sie schon hatten und erst später kamen die Wiederkäuer dazu. Da gab es einen Schäferhund mit Namen „Carlos", „Django", den Windhund und „Negro", einen schwarzen Labrador. Auch „Alma", die Kuh und eine getigerte Katze „Nova" lebten viele Jahre auf dem

.**Nova**

Hof und wurden sehr alt.

Alma

Carlos

Django

Negro

Und Pedro erzählte und erzählte und wiederholte sich immer mehrmals, aber war ja nicht schlimm. Alte Menschen werden eben vergeßlich und finden nicht immer die richtigen Worte. Auch wir Tiere können im Alter vergessen und das ist dann genauso schlimm wie bei den Zweibeinern, noch schlimmer. Für uns gibt es dann nur das Tierheim und wenn wir Vierbeiner krank und alt sind, wer will uns noch haben? Man wird als Mensch und auch als Hund abgeschoben. Doch hier am Reiterhof von Fiona war es besonders. Alte, gebrechliche und kranke Kreaturen kriegten ihr Gnadenbrot. So berichtete der alte Herr es ganz ausführlich. Ich war schon ein wenig gerührt und mit Cara bellte ich im Takt und sie verstand mich. Dann tobten und spielten wir eine Weile und ruhten uns aus, ganz schön außer Puste!

Einfach schön!!

Kapitel 9

Wir bekommen Zuwachs

Ein neuer Tag begann, es war sommerlich warm und wie immer trieb ich meine 6 Freunde auf die Weide, klappte sehr gut und Olivia versuchte auch nicht mehr die Flucht, hatte ihr wohl beim letzten Mal nicht gefallen. Aber was sahen meine großen Augen, wer stand da noch auf der Wiese? Ich kannte dieses Wesen, kam nicht gleich auf den Namen: Eine Ziege, braun-weiß und meckerte vor sich hin, ließ sich von mir und den Schafen nicht stören. Ich bellte lautstark und Fiona kam schnell dazu und lächelte ganz vergnügt!

Hallo „Samenta": bist du wieder abgehauen, weil du hier immer noch ein extra Fresschen bekommst? Fiona erklärte mir, daß die Meckerziege hin und wieder vorbei kam und nie freiwillig zurück lief, so, daß man sie in den Wagen und ins nächste Dorf fahren mußte, waren schon 2 km.

Samenta

Fiona rief den Nachbarsbauern an und versprach, gleich morgen früh die Ausreißerin zurückzubringen. Eine Nacht genoß das Hufentier dann die Nähe von ihren Freunden Amor, Angel, Dia, Solana, Paz und Olivia. Man kannte sich inzwischen und teilte das Gras auf der großen Wiese brüderlich. Das besondere Leckerli waren meistens leckere Weintrauben. Samenta liebte sie und konnte nie genug davon bekommen.

Nun war die Nacht angebrochen und alle Wiederkäuer schliefen zufrieden im Stall mit Cara und Bonzales als ihre Leibwächter. Was konnte da schon passieren. Klar, ab und zu verirrte sich mal ein Raubtier wie der Fuchs oder auch schon ein Wolf, aber bisher ging immer alles gut, der Stall war zu und hungrig zogen sie dann weiter in den Wald. Jedes Tier hatte natürlich Hunger und manche mußten ständig auf der Hut sein, nicht von Wilderern oder Jägern erschossen zu werden.

Kapitel 10

Geburtstag

Nun waren Cara und ich schon etliche Monate hier bei unseren neuen Eltern und wir wurden 1 Jahr alt. Gerade eben fuhr der Rover mit Samanta davon und als Fiona zurückkam, gab es eine riesen Überraschung für uns zwei. Sie brachte uns einen großen Knochen mit und was soll ich euch bellen, im Gepäck waren Amigo und Estrella, welch eine Freude! Die Überraschung war gelungen. Wir beschnupperten uns ausgiebig und vor lauter Freude vergaßen wir unsere guten Manieren. Rannten wie die Blöden über die Weide, zurück in den Stall, dann ins Haus und wieder auf den Hof. Ich wußte nun, wie schön es war, eine Familie zu haben, auch wenn sie heute nur zu Besuch kamen. Wir bekamen leckeres Fleisch, neues Spielzeug und rangelten dann um die Wette, nur wir drei Halbstarken. Unsere Mum wollte ihre Ruhe, aber freute sich mit uns. Ein gelungener erster Geburtstag.

Es wurden noch einige Fotos von uns gemacht und ein wunderschöner Tag ging zu Ende und im Nu waren Estrella und Amigo dann auch fort. Fiona sagte dann noch tröstend, daß wir das alles wiederholen würden, ganz bald. Bis auf Cara waren wir alle schwarz-weiß, sie hatte braun-weißes Fell. Weiß der Kuckuck, von wem sie das geerbt hatte. Ich fand mich und meine anderen Geschwister trotzdem schön.

Kapitel 11

Das Unwetter

Der Sommer neigte sich dem Ende zu und nun fielen langsam die Blätter von den Bäumen. Alles leuchtete in rot-braunen Farben.

Saragossa war schon ein schöner Ort, Temperaturen im Oktober noch 18 bis 24 Grad. Allein der Buchenwald im Naturpark Moncayo war ein Hingucker. Ich liebte die Natur so wie alle Hunde, glaube ich. Heute aber gab es ein großes Unwetter und wir blieben fast den ganzen Tag in der Scheune, auch die Blöker.

Es fing an, zu regnen, stürmen, dann ein Donnern, Krachen und Blitze zuckten am Himmel. Cara kannte diese Geräusche nicht und verkroch sich ängstlich im Stroh. Die Schafe nahmen alles ganz gelassen. Das Scheunendach überlebte das Spektakel, denn Pedro hatte vor vielen Jahren alles gut abgedeckt. Da war er noch jünger und sportlicher. Nach einigen Stunden war der Spuk vorbei und vielleicht hatten wir dann auch keinen Stubenarrest, nee Stallarrest mehr und konnten auf die Weide.

Kapitel 12

Der Unfall

Nach Regen kam oft Sonnenschein und so war es auch. Heute war ein aufregender Tag für mich. Ich sollte für ein paar Tage auf eine andere Weide, um dort mehrere, halbwilde Schafe zu hüten, die die Aufgabe hatten, den Boden, wo sie grasen und fressen und herum trampeln , zu bearbeiten. Sie sorgten für einen besseren Schutz vor möglichen Feuern. Auch eine Schäferin war wohl dort Vorort. Beim Abschied von Cara hatte ich schon so ein ungutes Gefühl in meinem Hundebauch und da ich kein ängstlicher Collie bin, zeigte ich auch keine Regung. Lautes Bellen und schon fuhr ich mit Fiona in Richtung Barcelona, Katalonien, immerhin waren das fast 3 Stunden. Mir war ganz und gar nicht wohl bei dieser Reise und als ob ich Fiona nie wiedersehen würde, lag ich ausnahmsweise neben ihr auf dem Beifahrersitz und schlief ein. Durch einen lauten Knall und ein Krachen erwachte ich und befand mich im Graben wieder. Wo war nur Fiona und wo war der Rover? Ich hörte nur Sirenen aus der Ferne und sah noch, wie sie mein Frauchen auf eine Trage ins Rettungsauto brachten. Gottseidank, sie lebte. Ich hatte solchen Bammel, dort hinzulaufen. Nachher würden die mich noch in ein Tierheim bringen, denn ich hatte kein Halsband oder eine Hundemarke um. Das wollten sie immer, wurde dann vergessen. So war ich jetzt ein herrenloser Bordercollie. Ich lief immer geradeaus, etwas humpelnd, denn ich hatte mir die eine Vorderpfote beim Unfall verstaucht. Mir ging es hundeelend und wie lange ich so die endlose Landstraße trottete, ich wußte es bei Gott nicht. Ich hatte Schmerzen und Hunger und Heimweh zugleich und mir fehlten meine Cara, Fiona, Pedro und die Blöker. Aber was sollte ich machen, für die Spanier hier war ich obdachlos und herrenlos. Unter einem schattigen Baum machte ich Rast und leckte mir die Pfote. Dann suchte ich eine Wasserstelle und ich sah von weitem ein altes Holzhaus, " nix wie dort hin", dachte ich.

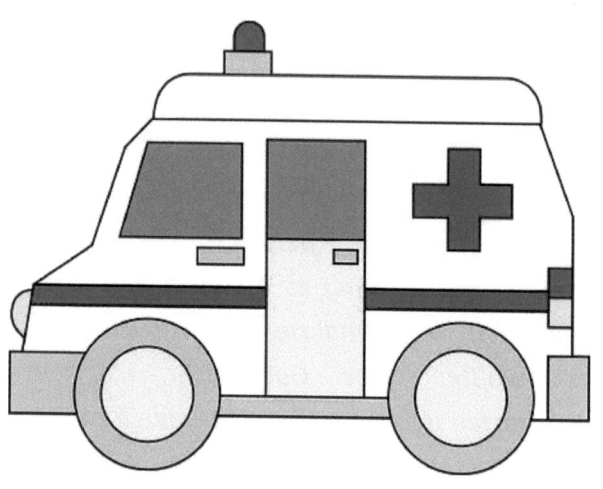

Kapitel 13

Meine Rettung

Ich wußte nicht, wie lange ich unterwegs war, aber so humpelnd war es unmöglich, in der Gegend herumzuirren. Ich schlich zur Hütte und ein Bellen erwartete mich vor der Tür. Dort saß ein kleiner, brauner, spanischer Wasserhund, ziemlich aufgeregt. Sofort ging die Tür auf und ein gebeugter Mann, wohl schon alt, begutachtete mich und säuselte was auf spanisch, was ich aber nicht verstand. Aber er tat mir nichts und mit dem kleinen Vierbeiner lockte er mich in sein Haus und sah sich meine Verletzung an. Er machte mir einen Verband und gab mir Hundeflocken und Wasser. Das war meine Rettung, denn ich ich hatte großen Hunger. Der kleine Hund legte sich neben mich und in der Diele schliefen wir beide ein. „Ein neuer Freund", hoffte ich, aber das sollte doch so sein. Aber wenigstens mußte ich nicht draußen umherschleichen und suchen und nach Hause würde ich sowieso nicht finden. Was war das für eine Höllenfahrt und wie ginge es wohl Fiona? Ich sollte das nie erfahren. Bestimmt vermißte mich auch Cara, meine liebe Schwester. Am nächsten Morgen ging der bucklige Senior mit uns einmal ums Haus und ich hörte dann, wie er mit seinem Nachbarn sprach. Wollte er mich jetzt aussetzten? Mein neuer Freund hieß Banjo und lief mir immer hinterher. Wahrscheinlich hatte er oft Langeweile, weil sich niemand mit ihm beschäftigte. Sein Herrchen wütete in seinem Garten hinterm Haus und brummte immer vor sich hin und mir fiel auf, daß wir heute noch kein Futter hatten. Durch lautes Bellen im Takt, kam er endlich angerannt, und Banjo hatte schon seinen leeren Napf im Maul und da begriff er wohl, was wir wollten. Er gab uns Trockenfutter und auch Wasser und

*schon   war
unsere Hundewelt erst einmal in Ordnung.*

Kapitel 14

Banjo und ich hauen ab

Am nächsten Tag war es das gleiche Spiel: kein Futter, kein Gassi gehen, keine Streicheleinheiten, null Aufmerksamkeit. Ich war so unendlich traurig und sorgte mich um meine Familie und meine kleine Schafherde. Würde ich sie je wiedersehen? Und was, wenn uns der Alte hier nicht mehr wollte. Banjo war auch nicht gerade der fröhlichste Hund und so richtig glücklich, nein, das schien er nicht! Mein wuscheliger Freund steckte mir, daß er schon paar Jahre hier lebte, es war okay für ihn, sein Besitzer mißhandelte ihn nicht und letztlich bekam er immer sein Futter, aber ab und zu vergaß er es auch. Dann lief er zum Nachbarn und der hatte immer etwas in der Küche, zwar Katzenfutter, aber das schien ihm egal zu sein. Die Katze Feli ließ ihn sogar manchmal an ihren Napf, wenn sie satt war. Sie fing wie eine Verrückte Mäuse und manchmal auch einen Vogel, leider!

Banjo

Bonzales

Ich beschloß: mit Banjo, abzuhauen und zwar geschwind. Vielleicht hatten wir ja Glück und uns findet ein neues Frauchen oder Herrchen. So, wie ich es erfahren hatte, befanden wir uns in der Nähe von Barcelona. Und der Strand war auch nicht weit entfernt. Also nichts wie dahin. Ich humpelte kaum noch und ohne jede Irritierung, trabten wir neben einander: Schritt für Schritt, Pfote an Pfote. Erschöpft gelangten wir ans Wasser. Der Strand war wenig besucht und einige Urlauber genossen die Abendsonne. Einige kreischende Kinder spielten mit dem Sand und ein Strandverkäufer bot etliche Sachen wie Modeschmuck und Klamotten an, die aber niemand wirklich haben wollte. Uns verjagte er, aber wir blieben stur und zeigten ihm die Zähne und er ließ uns in Ruhe. Nach einiger Zeit war es fast dunkel und am Meer kaum noch Menschen und wir hatten kein Zuhause. „Selber Schuld": dachte ich so, warum laufe ich immer weg?

Kapitel 15

Eine schlimme Nacht

Es wurde ungemütlich und eine Strandbude, die schon geschlossen war, bot uns Unterschlupf für die Nacht. Eine Plane, die immer hoch wedelte durch den Wind, deckte uns beide zu und man sah Banjo und mich nicht sofort. Wir hatten sogar Glück, im Papierkorb daneben lagen Wurstbrote, noch unberührt. Wir teilten es und wenigstens knurrten nicht mehr unsere leeren Hundemägen. Den ganzen Tag nichts zum Beißen und die Menschen werfen einfach aus Langeweile oder weil sie darauf keinen Bock hatten, das Essen weg. An Schlafen war erst mal nicht zu denken, denn ein Leuchten erschreckte uns beide sehr, aber es war nur ein Boot in der Ferne und man hörte Musik und laute Stimmen an Bord. Wohl eine Mitternachtsparty der Reichen und Schönen. Dann kamen doch noch Spaziergänger entlang, aber sie entdeckten uns nicht. Waren

mit Küßchen hier und da beschäftigt. Ein frisch
verliebtes Pärchen, wie schön !

Dann ertönten Sirenen und die Polizei machte ihre Runde am Strand, aber sie fuhren nur an der Promenade entlang. Meine kleine Hundeseele litt und ich tröstete den ängstlichen Banjo, der richtig zitterte. Ich mußte doch auf ihn aufpassen, denn schließlich hatte ich ihn zum Türmen überredet. Als wir dann endlich einschliefen, war es fast schon hell und das hieß, abhauen, aber wohin? Fiona hatte mal vor einiger Zeit von den Straßenhunden in Barcelona erzählt und für viele endete das gar nicht schön. Entweder mit ein bißchen Glück und ein Urlauber nahm einen Vierbeiner mit ins Gepäck nach Deutschland oder sie wurden von Tierfängern eingefangen und in eine Tierauffangstation gebracht, wo das Schicksal ungewiß blieb. Ganz schreckliche Gedanken, die mein Hundehirn auf einmal durchleben mußte. Das nächste größere Tierheim war wohl in Katalonien. Vor einigen Jahren wurde jedoch das Töten herrenloser Tiere per Gesetz verboten. Dort wurde dann eine Hundeschule, Hundepension, sogar eine Tierarztpraxis gebaut und wenn die Samtpfoten oder Hunde

Glück hatten, kam ein neues Frauchen oder Herrchen.

Leider war es den Einheimischen oft zu teuer, und sehr leichtsinnig und respektlos gingen sie mit uns um.

Nun machten wir uns auf den Weg, aber wohin, wir wollten doch nicht solch ein Straßenköter werden, ohne Halsband und Marke und Zuhause. Banjo besaß übrigens auch keine Marke. Wir kamen an einer Strandbude vorbei, die Zeitungen und Süßes verkaufte und die Besitzerin, eine jüngere Frau hatte wohl Mitleid mit uns und lockte mit Wasser und Brötchen, allerdings ohne Belag, aber das war nun egal, wir hatten Kohldampf. Dankbar verschlangen wir jeder eine Semmel und schlürften gierig das Wasser. Irgend etwas murmelte sie auf Spanisch so wie, „wo kommt ihr her". Wir bellten und das hieß:"danke".

Weiter, immer weiter, und der Strand zog sich Kilometer weit hin, wohin, das wußten wir nicht. Oh je!!

Kapitel 16

Endstation: Straße

Wir wollten und konnten nicht am Strand leben und so zogen wir in Richtung Außenstadt von Barcelona. Ein reges Treiben, Autoverkehr und Hupen, hektische Menschen, Urlauber, Studenten und herrenlose Kreaturen liefen quer durch die Stadt. Dort an der Ecke saßen zwei Straßenmusiker und hatten auch zwei Hunde dabei, ganz ansehnliche Fellbündel. Es klang Gitarrenmusik und der eine kleine Hund, ein Mischling, tanzte dazu. Der Arme, dachte ich mir, aber er schien glücklich und sah auch nicht verhungert aus. Die beiden Musiker lebten schon etliche Monate auf der Straße mit ihren Vierbeinern und offensichtlich machte es ihnen Spaß." Los, nur weg hier", bellte ich zu Banjo. Dann liefen wir ganz schnell um die Ecke und da war buntes Markttreiben. Die Spanier boten Gemüse, Wurst und Käse, Obst und Blumen an. Auch kleine Souvenirs hingen in den Buden und erneut ertönte Musik aus allen Ecken.

.

Ermüdet vom vielen Laufen und Suchen, hielten wir an einer Bank, wo im Moment niemand saß. Traurig schauten wir wohl aus und bestimmt waren wir zottelig und dreckig vom Strand und der Hunger machte uns zu schaffen. Viele der Passanten sahen uns gar nicht oder wollten uns nicht sehen. Kinder wollten uns streicheln, manche ärgerten uns und warfen mit Steinen.. Niemand war da, der uns beruhigte und was zu essen dabei hatte. Wie sollte dieser Tag wohl enden. Eng an einander gekuschelt, lagen wir da wie ein Häufchen Elend, hungrig, durstig, müde und dreckig. Wenn jetzt die Tierfänger kämen, oh Gott, was war dann? Kaum eingeschlafen, hörten wir eine leise Stimme sagen: „Schau mal Jacob, wie friedlich die beiden da schlafen, ob die wohl kein Zuhause haben?" Maria und Jacob hatten sich seit Jahren eine Reise nach Spanien gewünscht und nun ihren Traum erfüllt. Sie besaßen einen Hof in Nordrhein-Westfalen mit etlichen Schafen. Ihr treuer langjähriger Freund, ein Collie mit Namen Rex, war vor kurzem gestorben und sie trauerten immer noch.

Kapitel 17

Maria und Jacob

Jacob und Maria waren schon eine Woche in Barcelona und in der Zeit hütete ein Freund die Schafe. Sie wollten, wenn sie nach Hause kämen, sich nach einem neuen Vierbeiner umschauen, aber nun änderte sich ihr Plan und Maria verliebte sich sofort in Bonzales und auch in Banjo. Sie mußte nur noch Jacob überreden. Eigentlich bräuchten sie nur einen Hütehund, aber für das andere Fellknäuel würden sie auch eine Lösung finden. Ihr guter Freund, der ihre Schafe versorgte, hatte schon einen Mischling mit Namen „Spezi" und der kleine Wasserhund paßte gut zu ihm, bestimmt. Nun lag es an den Behörden, ob sie die beiden sofort oder erst in Quarantäne, mitnehmen durften. Um Geld zu sparen, brachen die beiden ihren Urlaub ab, sie hatten eine Ferienwohnung für kleines Geld gemietet und sprachen mit dem Veterinär am Ort. Dort wurden beide Hunde geschippt, untersucht, geimpft und entwurmt und mit etwas Glück durften sie mit Jacob und Maria mitfahren. Sie waren mit ihrem 10 Jahre alten Polo da und hinten war Platz für beide. Noch ein Hundegitter gekauft und Futter für die Fahrt. Die nette Tierärztin hatte alle Papiere sofort ausgestellt, so, daß es keine Probleme beim Zoll gab.

Bonzales und Banjo, noch ganz benommen von den Untersuchungen, mußten das verarbeiten, fern weg aus der Heimat in ein neues unbekanntes Land, ohne Fiona und Cara. Aber für Tränen blieb ihnen keine Zeit, zu aufregend war das neue Abenteuer, welches nun begann. Aber sie hatten Vertrauen zu den beiden, ihrem neuen Frauchen und Herrchen. Nach sehr langer Fahrt kamen sie endlich in Deutschland an und auf ihrem Hof wurden sie freudig von Tommy, ihrem Freund, mit Spezi begrüßt. Der wußte schon alles über das Telefon und war begeistert. Banjo wedelte mit dem Schwänzchen und schmuste sofort mit Spezi. Da war also schon der Bann gebrochen und Bonzales schnüffelte sofort überall im Stall,

auf dem Hof und natürlich auf der Weide, wo
schon seine neuen Kumpels, die Wiederkäuer,
grasten.

Kapitel 18

Mein neues Zuhause in NRW

Ein schöner, neuer Tag brach an, die Nacht war gut verlaufen, alle konnten ausschlafen. Meinen neuen Job mußte ich erst morgen antreten. Heute feierten wir noch mit Tommy und Spezi den Abschied. Banjo war total auf seinen neuen Hundekumpel fixiert, mich beachtete er gar nicht mehr. Ich hingegen heulte so vor mich hin und dachte an meine Geschwister, die ich alle zurück lassen mußte, meine geliebte Hundemama Estrella, an die schönen Zeiten mit allen und nun mußte ich mich erst an alles wieder gewöhnen, oh je!

Ein Hundeelend, sage ich Euch!

Ganz früh am nächsten Morgen reiste Tommy mit Spezi und Banjo wieder in den Norden. Aber er wollte uns besuchen, versprochen. Wenigstens er verabschiedete sich richtig, Banjo bellte zwei Mal und das wars. Adieu mein Freund, mach's gut! Dann ging die Scheunentür auf und Maria brachte mir ein Frühstück, wie toll war das denn? Es gab Hühnchen und Reis und eine Schale mit Wasser. Mit großem Appetit verschlang ich alles und dann konnte der Alltag beginnen:

Schafe hüten wie gehabt!

War ich jetzt glücklich? Und was würde ich in meinem Hundeleben noch alles mitmachen?
Wer weiß, wer weiß!

Dies war meine Geschichte von Bonzales, dem Hütehund und wenn ihr wissen wollt, wie es mit ihm weitergeht, schaut in meinem Katzenkrimi: „ **Ein cleverer Kater namens Jack 1,2,3"** nach, dort geht seine abenteuerliche Geschichte weiter.

Bis bald, **Eure Silvia**

Bereits von Sivia Wobschall erschienen:

Mein Leben mit den Samtpfoten: Teil 1u.2

Ein cleverer Kater namens Jack: 1,2,3

Abou findet seine Menschen

Copper

Spencer, die pfiffige Maus

Robin, der schmusige Felixkater

Xaver, ein Frosch, der seine Prinzessin sucht

Igel Igor auf Abwegen

Chakka

Melly, die Streunerin

Pfoten hoch oder ich miaue